Diego Machado

NOTÍCIA NÃO É POESIA.

OU É?

1ª. Edição

São Paulo
ARTLIVROZ
2020

Impresso no Brasil - Printed in Brazil
Todos os direitos reservados ao autor
Diagramação e Editoração: ArtLivroz
Capa: Leandro Valino

Contato com o escritor
Instagram: machadovoz
Facebook: diegomachadolocutor
Twitter: diegolocutor
Email: diegomachado6@gmail.com

Silva, Diego Machado|Notícia não é poesia. Ou é?|Osasco-SP, 2020

ISBN 978-65-00-03247-5
Poesia Brasileira B869.1

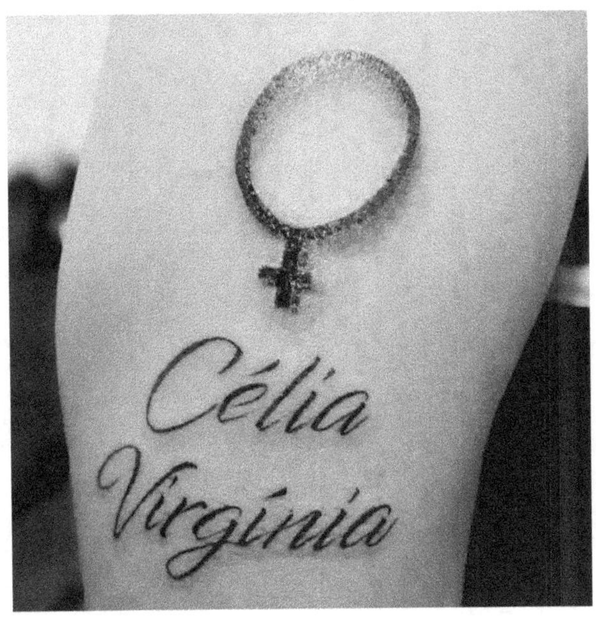

Este livro é dedicado às mulheres mais importantes da minha vida - in memoriam

Célia Aparecida Ferreira Machado Silva (mãe)

Virgínia Ferreira Machado Silva (vózinha)

Prefácio

Neste meu 2º livro, convido você a uma edição jornalística. Mas, notícia num livro? Eu sei que parece estranho inicialmente, mas, a proposta pode ser interessante se você se permitir embarcar num olhar que, certamente, não viu tantas opções de leitura similares.

Você pode ser assinante de todos os sites de notícias, jornais impressos e revistas no mercado, receber em vídeo, fotos, textos, as mais variadas visões do mesmo ocorrido, de acordo com a linha editorial do veículo e, mesmo assim, serão notícias frias, algumas delas, envelhecidas com apenas algumas horas.

Quis requentar permanentemente alguns fatos para que lembremos e, aprendamos para que não haja repetições futuramente.

Com linguagem fácil e sentimento rebuscado, busquei transpor pros versos não apenas um comentário da notícia. Quantas vezes você, ao ler ou assistir uma daquelas notícias absurdas, não quis voar na TV e tomar as providências ou entrar pelo rádio para debater, rediscutir o olhar exposto daquele repórter ou emissora?

Se a ideia de transformar notícias em poemas deu certo, o tempo irá dizer. Os poemas surgiam, eu os transcrevia e não queria deixá-los perdidos em meio a tantos conteúdos virtuais. Quis imprimir e publicar.

Você, ao ter adquirido esse livro, espero que aprecie cada verso e, assim como as notícias geram repercussão e viram pautas para debates em qualquer círculo de convivência, quero ter sua opinião, sua contrapartida, seu retorno (detesto o termo feedback) a este trabalho.

E no jornal (não tão) de hoje...

ÍNDICE

NOTÍCIA

Juiz federal do DF libera tratamento para 'cura gay' e diz que homossexualidade é doença

Ação popular questionava resolução do Conselho Federal de Psicologia que proibia tratamentos de reorientação sexual. Desde 1990, OMS deixou de considerar homossexualidade doença; homofobia não é considerada crime.

Por Raquel Morais, G1 DF
18/09/2017 15h08 Atualizado

Juiz federal do DF libera tratamento para 'cura gay' e diz que homossexualidade é doença

Ação popular questionava resolução do Conselho Federal de Psicologia que proibia tratamentos de reorientação sexual. Desde 1990, OMS deixou de considerar homossexualidade doença; homofobia não é considerada crime.
Por Raquel Morais, G1 DF
18/09/2017 15h08 Atualizado: 2017-09-19

A Justiça Federal do Distrito Federal liberou psicólogos a tratarem gays e lésbicas como doentes, podendo fazer terapias de "reversão sexual", sem sofrerem qualquer tipo de censura por parte dos conselhos de classe. A decisão, do juiz Waldemar Cláudio de Carvalho, é liminar e acata parcialmente o pedido de uma ação popular. Esse tipo de tratamento é proibido desde 1999 por uma resolução do Conselho Federal de Psicologia. O órgão disse que vai recorrer.

Diego Machado

Adoece

Dois mil e dezessete Setembro, acordei
Olho na manchete:Permitida a cura gay
Não sei o que acontece
No tempo, viajei

Pr'um tempo que precede
À época, não enfrentei
Um tempo que o cassetete
Era o senhor da lei
O soldado com seu cap
Marchava e se achava um rei

Momento que entristece
Cujo choro segurei
Com medo que regresse
Ainda não me adaptei
Que meu cérebro processe
Quem sabe aceitarei

Meu coração se compadece
Com o que sinto que verei
Ah, quem dera se eu pudesse...
Voltar no tempo? Já voltei!
Arte aqui se impede
Fala-se até de cura gay
Doença que se reverte
Nesse caminho, sofrerei

Em Brasília, tudo se pede
Se concedido, votarei

Diego Machado

Contudo, o povo se perde
Num destino que vislumbrei

Aplaudiu, então merece
Não me compadecerei
Não será oração ou prece

Que eu acreditarei
Que o país laico progresse
Nem tampouco, marcharei

Pena que o povo esquece
Eu não apagarei
Pois nossa memória padece
E hoje me aproximei
De um passado que aborrece
Que pela frente viverei

Enquanto não me decepe, Pensarei
E meu verso não emudece, Escreverei
O retrocesso me adoece
Será dele que morrerei?

NOTÍCIA

Copa dos Refugiados chega à quarta edição com final no Pacaembu
250 participantes formam 16 seleções que disputarão troféu em São Paulo

Do R7*
 15/09/2017 - 16h41 (Atualizado em 15/09/2017 - 17h03)

A Praça Charles Miller recebeu nesta sexta-feira (15) uma infinidade de bandeiras e idiomas. Na frente do Pacaembu, concentravam-se diversos estrangeiros carregando as cores de suas nações. O motivo da reunião, no meio da quente tarde paulistana, era a abertura da quarta edição da Copa dos Refugiados. O evento, que visa a promover a integração e combater o preconceito, começa neste fim de semana e vai até 24 de setembro, data da grande final, que será disputada no histórico gramado do Paulo Machado de Carvalho.

Campos iguais

Tá na reeedeee
A fome, a sede
Não elas, propriamente ditas
E sim, a fome e sede de vida

Uma copa no Brasil
Não o 7 a 1 que sucumbiu
Nossa amarela seleção
Copa dos refugiados da nação

No Pacaembu, o jogo decisivo
O futebol, suado lenitivo
Na final, Marrocos e Nigéria
A bola rola, é coisa séria

À Nigéria campeã, o respeito
Os sobreviventes do preconceito
Copa onde todos competidores
Driblaram a guerra, os goleadores

Os gols? Nesse caso sim, um mero detalhe
E o placar que de fato vale
É abrirmos nossa meta pro cobrador do penal
Que ele corra pro abraço mais natural
De quem vai pra rede, seja ou não a final
E que a gente o tratasse, o abraçasse
Feito um gol no mundial

A bola vai pra rede, o chutador vibra, o juiz apita
E também por uma rede, há uma dor que limita
Um disparo e o gol que a torcida grita
Campo de guerra ou campo de jogo
Todo mundo é igual. Reflita.

Diego Machado

NOTÍCIA

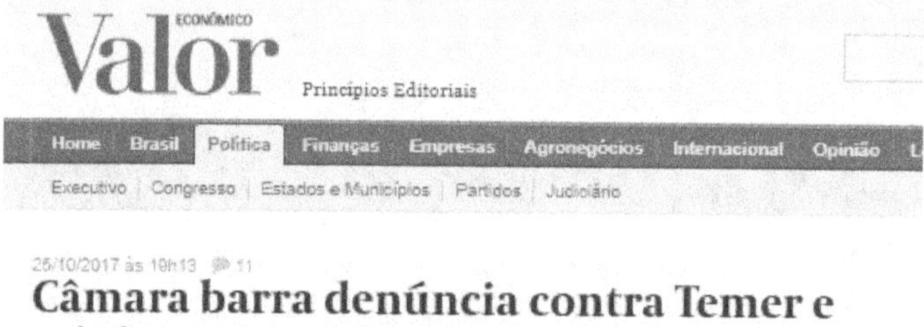

ECONÔMICO
Valor

Princípios Editoriais

Home | Brasil | Política | Finanças | Empresas | Agronegócios | Internacional | Opinião

Executivo | Congresso | Estados e Municípios | Partidos | Judiciário

25/10/2017 às 19h13

Câmara barra denúncia contra Temer e ministros por 251 votos a 233

Por Valor

SÃO PAULO - *(Atualizada às 22h20)* O presidente Michel Temer perdeu 12 votos na Câmara na votação da segunda denúncia contra ele em comparação com os votos computados no processo de agosto. Temer é acusado de obstrução da Justiça e organização criminosa nesta segunda denúncia.

Veja como cada deputado votou a segunda denúncia contra Temer.

Hoje 251 parlamentares votaram pelo arquivamento da denúncia contra o presidente ante 263 votos favoráveis em agosto. A oposição conseguiu seis votos a mais em relação à primeira denúncia, passando de 227 votos para 233.

Os ausentes hoje somaram 25 contra 19 na votação de agosto. Nas duas votações foram registradas duas abstenções. O presidente da Câmara, Rodrigo Maia (DEM-RJ), não votou.

Para que a denúncia fosse apurada pelo Supremo Tribunal Federal (STF) seriam necessários 342 votos.

Link:
https://www.valor.com.br/politica/5169710/camara-barra-denuncia-contra-temer-e-ministros-por-251-votos-233

Diego Machado

Discurso Grato

É com imensa satisfação
Que cumprimento estes nobres senhores
Pela sábia decisão
De preservar nossos valores
Com aval da população

Deste povo brasileiro aguerrido
Fez coro à nossa missão
Foi amplamente difundido
Revista, hashtag, televisão
Sou realmente agradecido
Pela manifestação

Foi esse nosso povo trabalhador
Que agraciamos com a reforma
Ao estudante que lutou
O ensino médio se transforma
A quem é aposentado, minha senhora, meu senhor
É com prazer que o país informa
Que é por quem tanto se planejou
O benefício que conquistou, estorna

E de estorno em estorno, um retorno
A um passado de transtorno, estorvo
Em que tudo ao em torno
Volta a ser como era, morno, retorno
E eu retorno ao retrocesso do suborno
Daquele que não aceita o visível corno
De que foi o recheio e o contorno
Para tirar da engrenagem, o torno
E novamente botar o país no forno

Não no fogo gostoso de lareira
É fogo que corrói nosso verde bandeira
Não é a evolução brasileira
Manja o inferno? Estamos à beira

Num aquecimento hostil
Mercantil, municiado com fuzil
Que expressa em ódio viril
O sentimento mais vil
Preconceito no Brasil
De raça, de credo, de classe,
De formação estudantil
Olha pro Rio
Nosso cartão postal que se esquive
Da munição do novo Steve
Entre a bala e você, pode crer,
Ela é mais livre

NOTÍCIA

Assédio no ônibus: Homem ejacula no pescoço de passageira na avenida Paulista
Por Ivan Longo

Mulher estava dormindo e foi acordada pelos movimentos do homem, que estava se masturbando e ejaculou em seu pescoço. Passageiros se revoltaram e queriam bater no agressor, que foi detido pela polícia

Por Redação

No início da tarde desta terça-feira (29), uma mulher foi vítima de assédio sexual dentro de um ônibus municipal de São Paulo. O caso aconteceu dentro do ônibus que faz o trajeto Metrô Ana Rosa – Morro Grande, quando passava pela avenida Paulista.
De acordo com reportagem da Jovem Pan, a mulher estava dormindo e foi atingida no pescoço pela ejaculação de um homem que estava se masturbando. Ao se dar conta do que havia acontecido, a mulher começou a gritar para que tirassem o homem de perto dela.

Link: https://www.revistaforum.com.br/assedio-no-onibus-homem-ejacula-no-pescoco-de-passageira-na-avenida-paulista/

Importunação ao Pescoço

Porra! Caralho!
Não são apenas interjeições
Elas têm ligação
Não são apenas palavrões
Nesta situação

Porra do caralho!
Parece grosseiro meu linguajar
Esporraram na moça no coletivo
Chegou pro juiz avaliar
Não houve constrangimento ofensivo

Vai se foder, seu filho da puta
E quando isso acontecer, que te esporrem
No pescoço, na cara, na boca pra se calar
Enquanto na moça, as gotas escorrem
Com qual cabeça mesmo é pra pensar?

Juiz José Eugenio do Amaral Souza Neto
Quero este nome no poema registrado
José foi um Zé no tom mais negativo
De gênio, o Eugênio tem vacilado
De Amaral, daria boa rima neste ocorrido

Segundo ele não foi estupro ato tão escroto (do escroto do escroto)
E se fosse sua mãe, sua filha, o que acharia?
Houve até esse absurdo no debate
Seriam mais duas mulheres que a esta situação exporia
Elas não mereceriam abuso tão covarde

Nem elas, nem nenhuma outra, sem consentimento
Já ouvi relatos de quem foi roubado
Não se pode ir ou voltar dormindo
Você pode até ser esporrado
Sem tempo do pau ficar de novo armado
O estuprador já está saindo

Ah, não configura estupro, seu juiz
"Importunação ofensiva ao pudor", definiu
Ofensiva ao pudor, não à moça violentada
Cobrador, inteligente o modo que agiu
Chamou a polícia e aguardou a chegada

Foi conduzido, protegido sem ser agredido
Teve o respaldo da condução policial
E ainda foi salvo de um linchamento
Que, nesse caso, seria reação natural
Da excitação do povo, não aquela do seu... Amaral
Achou normal, não foi violento
Não houve conjunção carnal
Entre aspas: "Não houve constrangimento"

Afinal, pra Justiça nossa cara é alvo banal
Pra ejacular a todo momento
Lembro de Raimundos, Esporrei na Manivela
Mas, a Justiça, se ao nível dela nivela,
Pro que ela faz...
Julga esse ato até pouco nojento.

NOTÍCIA

Usain Bolt se lesiona durante prova e dá adeus às pistas de forma frustrante
Uma lenda do atletismo se despediu das pistas neste sábado (12). Após dominar as provas de velocidade por cerca de uma década, Usain Bolt fez a última prova de sua carreira e ela termina de forma frustrante. Em boa posição, na luta por uma medalha, ele recebeu o bastão e já corria para o pódio quando uma contusão pôs fim à sua prova. Incrédulo, ele diminuiu a passada, deu uma cambalhota e esparramou-se na pista.

A despedida das pistas deixou o herói emocionado. Logo após a disputa das eliminatórias para a final, ainda pela manhã, Bolt disse que não conseguia externar seus sentimentos. "Não há palavras para descrever como estou me sentindo. Recebo muito apoio do público e agradeço muito por isso."
Na prova de hoje do revezamento 4x100, quem acabou ficando com o lugar mais alto do pódio foi a equipe da Grã-Bretanha, que surpreendeu ao superar a forte equipe dos Estados Unidos, segunda colocada na disputa. A equipe do Japão fechou o pódio, levando o bronze.

O término da carreira não foi do jeito que se imaginava, já que o jamaicano ficou com apenas com a medalha de bronze na disputa dos 100m, no último fim de semana, após ser superado pelos americanos Justin Gatlin e Christian Coleman, que ficaram com o ouro e prata, respectivamente.
Mesmo assim, Usain Bolt é o homem mais rápido da história. O jamaicano bateu três vezes o

recorde mundial dos 100m e também é o recordista dos 200m, prova que ele optou por não disputar no Mundial de Londres.

Link:https://esportes.r7.com/esportes-olimpicos/usain-bolt-se-lesiona-durante-prova-e-da-adeus-as-pistas-de-forma-frustrante-12082017

Bolt e o fim da Linha

Foi pela TV que eu vi
Um ou dois dias já tinham passado
E todos já tinham passado
Ultrapassado
O ultra, passado
O passado ficou marcado
E dali pra frente
Seria presente

Um músculo fisgado, uma dor latente
Fez justamente naquele instante
Que todos à frente olhassem pra trás
Assim como ele pouco antes
Passava rindo dos demais
Quem viu, viu; quem não viu, não verá mais

Nunca fui fã de atletismo
E das provas de corrida
Mas, naquela cena sentida
Naquela fisgada doída
Pelo menos, uma vez na vida
Meu pensamento foi mais veloz
Que a última linha vencida

Dessa vez, não teve recorde
Medalha, troféu e o raio
Parecia sim, um raio forte
Que poderia ter tido mais sorte
Ter sido disputado no esporte
Seria retardatário

Acabou, linha cruzada
Sem medalha pra estante
A Jamaica sentiu com a gente
Não haverá prova seguinte
Uma revanche que desponte
Que no futuro, alguém pergunte
Quem foi esse Bolt?
Como se fala? Usain ou Usein?
Faz assim, como falar, tudo bem
Cite-o como o raio que encantou o Brasil
Nas Olimpíadas 2016, no Rio
Aqui ele correu, ganhou, se divertiu

De praxe, fecharia o revezamento
Simbólico momento
Recebe o bastão e parte
Fisga, repuxa, arde
E aquele ar de campeão, ali, no chão
Deixará saudade, será inspiração
Pra que a adversidade
Trombe um moleque de coragem
Que vai correr na contramão.

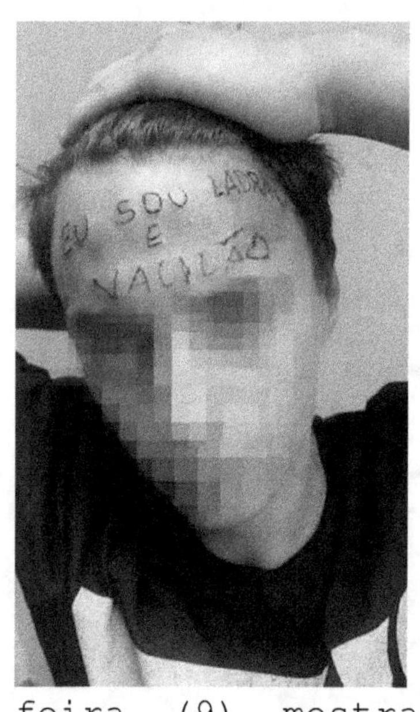

NOTÍCIA

Jovem acusado de roubo é torturado e tatuado: "Sou ladrão e vacilão"
Tatuador e vizinho foram presos em flagrante em estúdio no centro de São Bernardo do Campo
Gustavo Basso, do R7
10/06/2017 - 17h45 (Atualizado em 11/06/2017 - 20h06)
Um vídeo compartilhado nas redes sociais desde sexta-feira (9) mostra um jovem, acusado pelos autores da gravação de roubo, sendo tatuado na testa com a frase "eu sou ladrão e vacilão". Desaparecido desde 31 de maio, R.R. da Silva, de 17 anos, é a vítima de agressão.
O tatuador Maicon Carvalho dos Reis, e seu vizinho, Ronildo Moreira de Araújo, foram presos em flagrante pela polícia civil no estúdio de tatuagem no centro de São Bernardo do Campo (na Grande São Paulo), indiciados pelo crime de tortura, que pode levar a pena de 2 a 8 anos de prisão, podendo aumentar a 10 anos se for caracterizada lesão corporal grave.
O vídeo (assista abaixo) mostra R.R. sendo obrigado a responder que quer a frase tatuagem na testa, enquanto o autor do vídeo comenta, rindo: "vai doer".
Link:
https://noticias.r7.com/sao-paulo/jovem-acusado-de-roubo-e-torturado-e-tatuado-sou-ladrao-e-vacilao-11062017

Na Testa da Sociedade

Como ciclista, queria essa comoção social
Quando roubam uma bicicleta, quando nos fecham na rua
Queria que a população se revoltasse igual
Quando atropela um de nós na via
Seja expressa ou até naquelas que não requer pressa
Na vila, no bairro, na tensa relação do dia a dia
Queria tanto que houvesse essa comoção pra protegermos a ciclovia
Mas, ok, não dá pra esperar isso
É que a população se revoltou contra um cara que uma bike furtava
E foi pego no flagra por dois
E alguns instantes depois, esses dois, o ladrão levava
Um deles tatuava, o outro filmava
Na testa do rapaz gravava: sou ladrão e vacilão
Vixi, o caso repercutiu e teve gente contra e a favor
Do ladrão e do torturador
Pesada a palavra né? TOR-TU-RA-DOR!
É, mas, não tem outro nome
O menor que roubou estava errado perante a lei
O outro também. Agora, me responde:
Friamente, torturar é uma reação pertinente?
Nossa lei não prevê olho por olho dente por dente

Sendo esta a reação aceitável e por você apoiada
Você não é contra o crime. De alguns, é até a favor
A reação do tatuador torturador indignada
Só mostra quem é você, sem coragem de expor
Manchete: Ladrão rouba bicicleta
Passaria facilmente batido
Justiceiros o pegam e o tatuam na testa
Parece torcida, em lance de perigo

Vai levantando, preparando o grito
Vou ter dó de vagabundo que não presta?
Ah, como eu queria que fosse comigo
Vingaria toda a raiva que me infesta
Que por covardia, em mim, abrigo

Surgiram então, aqueles que na rede postaram
Com os direitos humanos se revoltaram
Porque fizeram captação de recurso coletivo
A popular vaquinha
Mas, a raiva não é por esse motivo
É por causa mesquinha
Que suas empreitadas não atingem as metas
E esse ladrão torturado na testa
Terá seu amparo enquanto outras causas não causam comoção
O Brasil é uma sociedade que apoia ladrão
Sim, basta ver a eleição, basta ver a nossa corriqueira corrupção

Em Brasília, por exemplo, não é caso raro
Mas, meu caro, você que sobre todos os assuntos opina
E posta
Pode ficar tranquilo que não vou dar sequência à rima acima
Pra não baixar o grau, o tom do poema não combina
Seja quem você é, mas, bota no papel se seu discurso afina
Tipo arranjo musical
Não misture sua raivinha boçal
Com defender princípio moral

Em março de 2018 e fevereiro de 2019, o rapaz que teve a testa
tatuada foi preso novamente. Na primeira, furto de desodorantes.
No ano seguinte, por suspeita de furto em um posto de saúde.

Deixo claro que o intuito deste poema foi demonstrar minha
indignação ao "olho por olho, dente por dente". Sem mais.

NOTÍCIA

Médica recusa atendimento após expediente e criança morre

Médica afirmou que o seu horário de expediente havia terminado e disse para a mãe chamar outro profissional

08/06/2017 - 10:23

Uma mãe acusa a negligência de uma médica de contribuir com a morte de seu filho, Breno, de apenas um ano e seis meses.

Conforme noticiado pelo site Extra, a criança tinha uma doença neurológica e começou a passar mal, com dores no estômago.

A mãe, Rhuana Lopes Rodrigues, afirma ao jornal que o filho recebia tratamento em casa desde julho do ano passado. Ao ver a criança com as dores, ela ligou para a médica que sempre atendeu a família, que a orientou a chamar a ambulância para internar Breno.

Mas ao chegar ao local, a médica disse que o horário de expediente dela estava no final, rasgou o pedido de socorro e fez o carro voltar. A criança morreu uma hora e meia depois.

Link:
https://catracalivre.com.br/cidadania/medica-recusa-atendimento-apos-expediente-e-crianca-morre/

Eu me Recuso

Eu me recuso a acreditar
Que uma doutora
Que teve tanto que estudar, se especializar
Fez isso
Foi até a porta de uma emergência
De uma criança com urgência
E deixou o caso omisso

A criança morreu
Um ano e meio de idade
E isso só aconteceu
Porque a doutora percebeu
Que estava ficando tarde

Quase na hora dela ir e encerrar o expediente
Ela rasgou o chamado e seguiu em frente
O motorista da ambulância partiu
A criança também,
a mãe nunca mais verá seu neném
E todos os dias,
se um dia ainda rezar e disser amém
Vai se perguntar: E se?

E se fosse outra médica?
Seria tão antiética
Seria tão histérica
Por não ser especialista na pediátrica
Daria esta pontuação final trágica?

Eu me recuso a crer que este abuso,
Este ultraje a qualquer humanidade
tenha partido de alguém que salva vidas

Nesse caso, não fez questão alguma
A mãe ficou lá e não foi atendida
Uma vida perdida, uma família destruída
Almas sofridas, compaixão nenhuma

Eu me recuso a aceitar isso,
essa falta de compromisso
Eu me recuso a tanta coisa no dia a dia
A banalidades, a coisas que eu não concluiria
E todo mundo já se recusou um dia
Mas, você tendo uma vida em suas mãos,
o que faria?
Eu me recuso, gente, a aceitar que isso foi um humano
Eu me recuso quando dizem que, pra tudo, Deus tem plano
Qual seria então o plano divino nesse caso?
Colocar aquela pessoa, naquela ambulância
Naquele horário, pra ocorrer o descaso
De salvar a criança e deixa-la morrer num abraço
Da mãe, do pai, que apelavam ao mesmo Deus pra que os médicos
chegassem
Resgatassem o bebê, levassem, salvassem
E, se não fosse possível, se esforçassem

Pois, pode crer não há amor maior no mundo que um filho
E não deve haver também dor maior
Que pensar que o que aconteceu foi um trem no trilho
Cujo maquinista é o destino traçado
Sem mudar a plataforma do percurso
Deu quase tudo certo, não faltou recurso
Faltou lembrar do discurso,
do juramento que fez ao pegar o diploma
E depois que o desprezou, deixou um hematoma

Invisível

Interno nesses pais, que jamais,

podem ser cobrados de serem desconfiados

Vão confiar em quem mais, nas preces divinais? Nos hospitais?
Junto com a frase do aqui jaz
Esses pais, terão outra frase, ou melhor, uma pergunta
Que por toda vida vai perseguir:
E se?...
E se?...
E se?...
E se?...

NOTÍCIA

INSTITUCIONAL   ÁREAS DE ATUAÇÃO   CIDADÃO   SERVIÇOS   SALA DE IMPRENSA   FALE CONOSCO

⚲ página inicial

Notícia

Terça-Feira , 06 de dezembro de 2016

MPSP deflagra 5ª fase da Operação Caça-Fantasmas e prende vereadores em Osasco

Estimativa de desvio dos cofres públicos é de R$ 21 milhões

Na quinta fase da Operação Caça-Fantasmas, o Ministério Público de São Paulo cumpriu, nesta terça-feira (6/12), 14 mandados de prisão preventiva contra vereadores e 15 mandados de busca e apreensão deferidos pela 2ª Vara Criminal da cidade. Dez parlamentares foram presos. Quinze promotores de Justiça cumpriram os mandados. A PM apoiou a operação com um efetivo de 80 homens.

Desde que foi deflagrada, em agosto de 2015, a Operação Caça-Fantasmas investigou um esquema fraudulento para a contratação de funcionários fantasmas na Câmara Municipal de Osasco. O Ministério Público ofereceu denúncia contra 14 vereadores, de 11 partidos diferentes, e 205 assessores fantasmas pela prática dos crimes de organização criminosa e de estelionato, em estruturada organização criminosa voltada para a lesar os cofres públicos. Até o momento, identificou-se o desvio de R$ 21 milhões.

Além das prisões, a Justiça determinou o afastamento do cargo público de todos os assessores denunciados.

Link:
http://www.mpsp.mp.br/portal/page/portal/noti
cias/noticia?id_noticia=16239792&id_grupo=118

Diego Machado

Vixi, Osasco

Vixi, quanta polícia
Osasco é notícia
De novo no impresso
Não teve sucesso
Tamanha imperícia
Nenhum réu confesso

Vixi, é tanta viatura
Pra caber a alma pura
Dos que não sabem a razão
Da condução para a prisão
Bateu na porta o canadura
Com mandado e camburão

Vixi, é a Rota aí na frente
Ainda nem escovei o dente
Cedinho abriu a caça
Aos legisladores da Casa
Quem tava aqui, já tá no pente
Explica aí o seu fantasma

Vixi, tá "os jornalista e os fardado"
O galo mal tinha cantado
Se perguntado: EU NADA SEI.
"São abusado" esses da lei
Mas, agora, engaiolado
Vou explicar que eu não roubei

Vixi, esse MP é arbitrário
Dizer que eu leso o erário?
Ao contrário, sou funcionário do povo

Foi vereador e o prefeito novo
Todo mundo procurado
Povo alienado, feito de bobo

Vixi, "os homi ta aí, a casa caiu"
Destaque na mídia de todo Brasil
Foi logo 14 dos 21
21: vereadores e milhões que sumiu
Quem tá 'lá fora', também viu
Sabe o que é pior? Espanto nenhum
O povo chancela, até bate panela
Mas, no fundo, no fundo, é nesse que vota
Querendo um algum

NOTÍCIA:

ESTADÃO *conteúdo*
Em Brasília - 01/12/2016 08h35

Na contramão da decisão tomada pela 1ª Turma do Supremo Tribunal Federal(STF) nesta terça-feira, 29, a maior parte dos projetos de lei que tramitam atualmente no Congresso Nacional sobre o aborto pretende endurecer a pena para a conduta e até torná-la crime hediondo. Na Câmara dos Deputados, 36 propostas têm tramitação ativa e poderão ser usadas nas discussões da recém-criada comissão especial que pretende analisar a legislação sobre o assunto.

Na terça-feira, a 1.ª Turma do Supremo abriu precedente ao entender que a interrupção da gravidez no primeiro trimestre da gestação não é crime. A posição dos magistrados recebeu resposta ainda na madrugada da quarta-feira do presidente da Câmara, deputado Rodrigo Maia (DEM-RJ), que anunciou a criação de uma comissão especial.

A Casa tem textos sobre o tema que datam de 1998 - sete foram sugeridos neste ano -, de dez partidos, a partir de representantes de dez Estados; 19 deles tramitam em conjunto e o mesmo número pretende agir para endurecer a punição.

Entre as propostas, cinco querem que a interrupção passe a ser considerada crime hediondo, com aumento de pena. Uma dessas é de autoria do ex-presidente da Casa, Eduardo Cunha (PMDB-RJ).

Maior pena hoje é de 3 anos
Parlamentares querem aumentar o tempo para, no mínimo, quatro anos e meio. Torná-lo hediondo representaria ainda a perda de progressões e indulto.

Link: https://noticias.uol.com.br/saude/ultimas-noticias/estado/2016/12/01/maior-parte-dos-projetos-de-lei-sobre-aborto-no-congresso-preve-mais-pena.htm

---

Ser Contra o Aborto

Você pode ser contra o aborto
Só não abortar
Só não vem com esse papo torto
Que a vida quer preservar
Gabriel, o Pensador, já ousou cantar
Pátria que me pariu
Essa letra já bem definiu
E foi lá em 97 que o disco saiu
E ainda hoje se faz enquete
19 anos, até maioridade atingiu
E no topo do ranking, o Brasil compete
Nada de FIFA, nem CBF
Mortalidade infantil
Abortos mal feitos, mãe não resistiu

Se a vida é o tema em debate
Tem mulher que quer; e essa vida?
Cai na clandestinidade
Mesmo dona de si, é um ato covarde
Fosse então, mais precavida
Essa mulher vai lá pra grade?
Como assassina ela é tida?

Você pode ser contra o aborto
Mas, coerência, amiguinho
Não diga: bandido bom é morto
Também é vida em desalinho
Não queira mandar no corpo
Cada qual sabe o caminho
Em qual pressão está envolto
Pois, cada um sofre sozinho

Diego Machado

Aí, ok, vamos partir do seu princípio
Que uma vida não se assassina
Nasce enfim o tal menino ou menina
Tendo essa mãe, ou não, auxílio
Do pai que mete o pé e sai de fina
Deixou-a frágil; no colo, um filho
Em baixo da ponte, na beira do trilho
E nesse crime, qual lei assina?

Aconteceu, foi sem prevenção
Pensasse, não agisse no tesão
Não usou preservativo
Nenhum método contraceptivo
Ou qualquer outra situação
Mas, sem fazer qualquer juízo
Vamos ver o que é preciso
Se for o caso, adoção
Mas, não fica na ilusão
Que quem vai pro orfanato
É igual televisão
Chiquitita não é relato

Aí cê é contra quem aborta
A saúde da mãe não importa
Que vai fazer na boca de porco

Aí cê é contra que adota
Se um casal gay bate na porta
É mau exemplo pro garoto

Aí é mimimi, uma revolta
É um lixo, não se comporta
O que fazer com esse estorvo?

Diego Machado

h, esse aí não desentorta
Não pôs os méritos à prova
Prova de fogo e ele morto

Com a bênção geral

O merecido e tardio aborto.

NOTÍCIA

Do UOL, em Brasília e São Paulo
29/11/2016 22h40   Atualizada em 30/11/2016 08h46

O plenário do Senado Federal aprovou na noite desta terça-feira (29), em primeiro turno, a PEC (Proposta de Emenda à Constituição) do Teto, que limita os gastos públicos: 61 senadores votaram a favor e 14 foram contrários. A matéria será submetida a uma segunda votação.

No início da sessão, na tarde de hoje, os senadores fizeram um minuto de silêncio em homenagem às vítimas da queda do avião que levava a delegação da Chapecoense para disputar a final da Copa Sul-Americana, na Colômbia. Setenta e uma pessoas morreram no acidente ocorrido na madrugada de hoje.

Durante a discussão da matéria, o senador Eunício Oliveira (PMDB-CE), autor do parecer aprovado na CCJ (Comissão de Constituição e Justiça), defendeu a PEC e rebateu as críticas de que a proposta vai provocar a redução das verbas para as áreas da saúde e da educação.

"Em relação à saúde, o novo regime fiscal elevará o piso já em 2017 de 13,7% da Receita Corrente Líquida para 15%. [...] Já em relação à educação, haverá garantia da manutenção do piso. Para 2017, o piso será aquele previsto no art. 212 da Constituição Federal, de 18% da arrecadação de impostos. A partir daí, tal como ocorrerá com o piso dos gastos da saúde, os valores serão corrigidos pela inflação, garantindo os seus valores reais".

A senadora Gleisi Hoffmann (PT-PR) criticou o projeto. "Se nós não fôssemos reduzir recursos para a saúde e para a educação, não precisaríamos mexer na Constituição. [Com essa PEC] vamos congelar em um primeiro momento e, depois, se a economia voltar a crescer, o que for de crescimento não vai mais proporcionalmente para a saúde e para a educação; vai para outras despesas, para as despesas financeiras, para as despesas com juros, que consumiram, só em 2015, mais de R$400 bilhões. Não é possível um país ter isso de prioridade".

Link:
https://noticias.uol.com.br/politica/ultimas-noticias/2016/11/29/senado-aprova-em-1-turno-pec-que-congela-gastos-por-20-anos.htm

O Silêncio que Gritava

No silêncio do luto
Da madrugada
Gasto enxuto
Na calada
No sono do justo
PEC aprovada

Pra alunos, repressão
Pra saúde, redução
Pra eles, permissão
Pros amigos, condição

Pro povo, contenção
E na base da agressão
É nossa lei, nossa razão
O nosso voto, proteção

E agora, corte aprovado
Era preciso limite
Onde se viu tanto gasto?
Qual conta admite?
Vamos cortar de qual lado?
O que não nos prejudique, claro!

Como Jucá havia dito
Temer era o favorito
Pra firmar o tal pacto
Todo mundo estava aflito
Com o avançar da Lava Jato
Se era fato ou era mito
Pareceu roteiro escrito

Diego Machado

O maldito foi exato
Êita talento de vidência
Seria sorte ou competência?
Que enquanto o país chorava
A Câmara sem clemência
O povo contrariava
Apagava a evidência
Tomaram a providência
No tom que a panela soava

NOTÍCIA

Um avião que levava a delegação da Chapecoense para Medellín, na **Colômbia**, caiu na madrugada desta terça-feira (29) a poucos quilômetros da cidade colombiana.

O Diretor Geral da Unidade Nacional para Gestão de Risco e Desastres colombiana, Carlos Iván Márquez Pérez, disse que as operações de busca e resgate foram encerradas com o seguinte balanço: 6 feridos e 71 mortos.

Anteriormente a Aeronáutica Civil havia informado que 72 corpos foram resgatados, mas o órgão já corrigiu a informação para 71. Os corpos serão levados para uma base da Força Aérea, de onde seguirão para o Instituto Médico Legal de Medellín.

ACOMPANHE A COBERTURA EM TEMPO REAL

Seis pessoas foram resgatadas com vida e estão no hospital: os jogadores **Alan Ruschel**, **Neto** e Follmann, o jornalista Rafael Henzel, o técnico da aeronave Erwin Tumiri e a comissária de bordo Ximena Suarez. O goleiro Danilo também tinha sido resgatado com vida, **mas morreu no hospital**.

Link:
http://g1.globo.com/mundo/noticia/2016/11/avi ao-com-equipe-da-chapecoense-sofre-acidente- na-colombia.html

Luto em Verde e Branco

Verde e branco
Verde do campo
Branco da paz

Cores do manto
Dores num tanto
Que nenhum dos cantos
Gira o tempo pra trás

Pra não ir à La Paz
Burocracias continentais
Restou só o pranto
Lágrimas demais

A história se faz
Em verde e branco
Verde esperança
E o branco?

À noite, escureceu
No fatal barranco
Ficou preto, de luto
A esperança morreu

Torcidas comoveu
Um por um, cada escudo
Alvinegro, tricolor, rubro negro
Azuis chamados de celeste
Irônico mundo

Cada símbolo cedeu
As cores tradicionais

Diego Machado

Pra que o verde fosse mais
Que o verde do campo
E o branco da paz
Mais que a cor do gramado

Rivais do mesmo lado
Corações apaixonados,
Atados por um nó

A compaixão pela dor
Sem hino, sem gritos, sem cor
Um minuto de silêncio a Chapecó

Diego Machado

Triste Fim, Chapecoense

Estarrecido
Com a fragilidade da vida
Aborrecido
Com a triste partida

Partida sem volta, só ida
Sem apito inicial
Somente final
Final já perdida

Uma perda sentida
Com apelo nacional
E pelo Nacional,
O de Medellín

Onde deu-se o fim
De todo um plantel
Num sonho real
Decisão internacional

E todo um país chora
E pelo mundo afora
Já deu no jornal

Foi embora jogador
Treinador, repórter, tripulação, narrador
Comentarista
Mas, a nós, como comentar
Tragédia como essa nunca vista?

É um sofrimento incondizente
Tantos jovens rumo à batalha
Em busca da conquista

Diego Machado

Isso machuca a gente
Que nem torce pro time
Mas, se põe na dor de um parente
Do sobrevivente

É uma perda que deprime
O peito comprime
E nos põe a pensar
Na fragilidade da alegria
Do grandioso momento
Que a Chape vivia
E como vivia!

Um histórico contentamento
Num sopro do tempo
Acidente violento

Domingo mesmo estavam aqui
Se organizaram pra partir
Tinha uma escala a seguir
 Após em campo, ver a festa palmeirense

Baldeariam em território boliviano
O voo saiu
Representando o Brasil
No torneio sulamericano

O destino a Deus pertence
E assim decidiu
Quase no aeroporto colombiano
Ninguém perde, ninguém vence

Tamanha dor nos atingiu
O avião caiu
Com o esquadrão catarinense

Diego Machado

E ficou assim a decisão
Triste fim, Chapecoense
O luto que é o campeão

2019

Um ano que começou pesado, repleto de tragédias, começando dia 1º de janeiro com a posse de um presidente que carrega consigo valores dos quais não me orgulho nem um pouco em tê-lo como representante deste meu país, mas, além desse, vários outros desastres aconteceram: estouro da barragem de Brumadinho, em 25 de janeiro, com 223 mortos, contabilizados em abril; incêndio no Centro de Treinamento das categorias de base do Flamengo, com 10 garotos mortos. E o jornalista Ricardo Boechat, morto após queda de helicóptero, dia 11 de fevereiro. Em paralelo a isso, escândalos de candidatos-laranjas envolvendo o filho do presidente também ocupavam as manchetes.

Mal Começou o Ano

Jornal do dia anterior
Sinto-me atrasado
Num ano que mal começou
Mal começou e começou mal
Reporto em versos a dor
Um pesadelo contínuo acordado
Destroçado num lamaçal

E a lama que desabrigou
Fez Brumadinho, um canal
Pôs Brumadinho no canal
Nos canais
Nos banais fatos; às vezes, normais
Normal mesmo é o relato
Do Zé no anonimato

Que, na real, na real mesmo
Ele vale o que Vale o contrato
Contratos... promissores...
Jogadores?
Nem são deles que trato

Prometiam adequadas instalações
Administram agora indenizações
Contêiner nas construções
Nem todas as permissões
Nem venha com condições
Milhões para medalhões e figurões

Vermelho é cor quente
O preto é cor luto
O branco do escudo

É a paz tão ausente
Em um Rio absurdo
Depois, Boechat se vai
O helicóptero no ar, cai
A rádio do ar, sai

E, por aí, só se ouve: pai, pai, pai
Papai precisa cuidar do garoto
Dos garotos: do municipal ao federal
Do modesto custeio eleitoral

Lustra-móveis num pano
DesMOROna a cara-de-pau
E o foro, um privilégio insano
Até então, benefício imoral
Não, não estava nos planos
Mal começou o ano
Já gastar com Queiroz
e ter que explicar laranjal.

NOTÍCIA

Tiros em Suzano: Como foi o ataque que matou estudantes e funcionários de escola na Grande SP
13 março 2019

Um ataque a tiros à Escola Estadual Professor Raul Brasil, em Suzano, e seu entorno na quarta-feira (13) deixou ao menos dez mortos e 11 feridos.

Os jovens Guilherme Taucci Monteiro, 17, e Luiz Henrique Castro, 25, entraram pela porta da frente da escola onde estudaram. Ali, mataram a coordenadora pedagógica Marilena Ferreira Umezo e a funcionária Eliana Regina de Oliveira Xavier.

Em seguida, a dupla se encaminhou ao pátio da Professor Raul Brasil, onde atiraram em cinco alunos. Na sequência, foram ao centro de línguas dentro da escola, mas estudantes conseguiram se trancar na sala com a professora.

Foi neste momento, segundo a polícia, que os dois atiradores se suicidaram em um dos corredores da escola.

O ataque foi feito durante o intervalo, quando os alunos se concentram fora das salas de aula. No horário do crime, só havia estudantes do ensino médio na escola.

Antes invadirem a escola, dois jovens atiradores balearam Jorge Antonio Morais, tio de Guilherme e dono de uma locadora de carros na região. Essa primeira vítima passou por cirurgia na Santa Casa em Suzano, mas não resistiu aos ferimentos e morreu.

A Polícia Civil apura agora a participação de um terceiro jovem no planejamento do massacre -

nesta quinta-feira, foi divulgado que os investigadores pediram à Justiça a apreensão de um adolescente de 17 anos.

Esta notícia, em específico, precisa de um complemento:

Durante reunião da Comissão de Constituição de Justiça (CCJ) do Senado, Olímpio disse que "se tivesse um cidadão com uma arma regular dentro da escola, professor, servente, policial aposentado, ele poderia ter minimizado o tamanho da tragédia" e atacou o Estatuto do Desarmamento e os críticos do decreto assinado por Bolsonaro que flexibilizou a posse de arma.

Para o parlamentar, apesar do decreto presidencial, a legislação continua muito restritiva e peca por omissão. "Vamos, sem hipocrisia, chorar os mortos, vamos discutir a legislação: onde nós estamos sendo omissos?", indagou o parlamentar.

Link:
https://exame.abril.com.br/brasil/bancada-da-bala-usa-massacre-em-suzano-para-defender-armas-maia-reage/

Vice-presidente, Hamilton Mourão: "Estou muito triste com essa situação. Temos que entender o porquê de isso estar acontecendo. Essas coisas não aconteciam no Brasil. Na minha opinião (...) vemos essa garotada viciada em videogames (...) videogames violentos. Tenho netos e os vejo muitas vezes mergulhados nisso aí. Quando eu era criança, jogava bola, soltava pipa. A gente não vê mais essas coisas. Lamento profundamente tudo o que ocorreu", disse o vice ao chegar para trabalhar no Palácio do Planalto.

Link:
https://www.correiobraziliense.com.br/app/notic
ia/brasil/2019/03/13/interna-
brasil,742684/mourao-sobre-suzano-jovens-estao-
muito-viciados-em-videogames-violen.shtml

O Ponto Final

Sempre o ponto final
É. Não é. Foi ele. Não foi.
O moleque armado que invade a escola
É esse ponto. Letal. Mortal.
E ele pôs vários pontos
Reticências não. Pontos finais
Que encerram a oração
Subordinada à oração

Ora-se pra pedir ou até por gratidão
E a cada oração, ponto final, amém
O ponto é quem lotou a Febem
O ponto é a pausa, respiração
O ponto é a decisão, a explicação
Que se dá pra julgar alguém à sua visão

Orações a tantos pontos perdidos
Em orações esquecidos
Pontos que se perderam
Frases que não construíram
Houve quem perdeu o ponto
Chegaram a um ponto que se destruíram
E sequer refletiram
Apenas não pontuaram
Sendo eles, os próprios pontos
Mas, ponto que é ponto mesmo
Carrega em seu passado, uma série de vírgulas.

Diego Machado

NOTÍCIA:

O samba perde a voz do Fundo de Quintal, Mario Sergio, em 29/05/2016.

Do UOL, em São Paulo
29/05/2016 13h43

O vocalista do Fundo de Quintal, Mário Sérgio, morreu neste domingo (29), aos 58 anos, segundo informações divulgadas no site e página do Facebook da banda. Segundo a assessoria de imprensa do grupo, a causa da morte foi um linfoma. O músico estava internado há dez dias no Hospital Pronil em Nilópolis, na Baixada Fluminense.

Nota sobre a morte de Mario Sergio no site do grupo Fundo de Quintal

Imagem: Reprodução

O grupo lamentou sua morte em uma foto divulgada no site, Facebook e Instagram. "É com pesar que o grupo Fundo de Quintal comunica o falecimento do nosso amigo e parceiro Mario Sérgio".

O velório acontece a partir das 10h na capela 2 do cemitério Jardim das Flores, em Cotia, município no interior de São Paulo. O sepultamento está marcado para as 17h.

Link:
https://musica.uol.com.br/noticias/redacao/2016/05/29/morre-o-sambista-mario-sergio-integrante-do-fundo-de-quintal.htm

Homenagem a Mario Sérgio, Grupo Fundo de Quintal

Quantos morros já subi
Pra samba aqui e ali
Tocar, ver o povo feliz
Quintal cultivando a raiz

Da raiz, a caneta vira nota
Vira som que a gente exporta
Cavaco pequeno, gigante voz
Mais um gol, vitória pra "nós"

Nós, nossa luta e resistência
Sem frasco pequeno. Tão grande essência
Ser samba, na veia e no sangue
Perder Mario Sérgio, não há o que estanque

O show continua, segue a aconselhar
Engrandece, sem menosprezar
Fazer toda uma roda batucar e cantar
Um prazer que poucos irão gozar

O samba cumpre a razão de lamento
Nossa história em partido tem sofrimento
Não é falsa alegria que passa com vento
É palma da mão, mas hoje é silêncio... silêncio...

Diego Machado

NOTÍCIA

RIO DE JANEIRO

A cantora e compositora **Beth Carvalho**, conhecida como a Madrinha do Samba e um dos maiores nomes da história do gênero, morreu no Rio, nesta terça-feira (30), aos 72 anos. Ela estava internada no Hospital Pró-Cardíaco, em Botafogo, Zona Sul da cidade, desde o início de 2019. A causa da morte foi infecção generalizada, informou o hospital, em comunicado.

Em nota, o empresário da artista, Afonso Carvalho, disse que ela morreu às 17h33 desta terça "cercada de amor por seus familiares e amigos". O velório está marcado para começar às 10h desta quarta-feira (dia 1º), no salão nobre do Botafogo, time para o qual Beth torcia. Às 16h, o cortejo, com carro do Corpo de Bombeiros, deve partir para o Crematório do Caju.

```
Link:
https://g1.globo.com/rj/rio-de-
janeiro/noticia/2019/04/30/beth-carvalho-
morre-no-rio.ghtml
```

Beth Foi Essa Voz

O samba perdeu sua voz de lamento
Compôs Paulo Cesar Pinheiro
Beth Carvalho foi essa voz
Das coisas da gente, cantava por nós
Cantava a vida do brasileiro
e apontava o algoz

Beth não se americanizou
Era Brasil inteiramente
Saco de Feijão, Corda no Pescoço, quando cantou
Ela ali denunciou
O que se vive diariamente

E ela, com sua humildade
Que tive a oportunidade
De conhecer e entrevistar
Dizia que o samba se perdeu no tempo

que pagode não era novidade
Ela havia empregado o termo
Pôs na capa pra mostrar,
a certa forma de usar
A mulher Beth Carvalho, sambista

Foi madrinha de nomes, grupos e da história
Se o samba vive ou viveu sua glória
Foi essa mulher nesse meio machista
Que abriu cada porta
Gravou disco só do samba paulista
Sem rixa, com seu sotaque carioca

Beth nos deixou Sem Defesa com sua partida
A madrinha que pelas Andanças empunhava um cavaquinho
E Nelson no peito
Levava Cartola e a Mangueira pra avenida
Isso, Beth, fique tranquila, não será desfeito
Seu legado foi perfeito
Obrigado por sua vida

ÚLTIMAS NOTÍCIAS

Antes do encerramento desta edição, o mundo parou. E minha poesia, não. O Coronavírus, a doença Covid-19 tomou as pautas, jornais inteiros em todos os veículos de comunicação. Estamos todos em quarentena, seguindo a recomendação da Organização Mundial da Saúde, dos médicos e especialistas para todos ficarem em casa. O presidente Jair Bolsonaro pede que tudo volte ao normal, que as pessoas voltem a trabalhar, pois, acredita que o distanciamento social não é a solução e pode ser mais prejudicial ainda que a doença, que ele tratou como gripezinha ou resfriadinho. Nos discursos em cadeia nacional de rádio e TV, comparou o impacto de mortes com os estragos na economia. Em entrevistas, reduziu a importância sobre o número de mortes que a pandemia poderia causar: "paciência".
O número de mortes já se aproxima dos 1.500, no Brasil. Fiz este breve resumo para você que pegar esta livro, futuramente, minimamente entenda o que estamos passando
em abril de 2020.

Corona Sem Abraço

Se alguém te dissesse
Você acreditaria
Que, em 2020, o elemento mais escasso
Seria um abraço
E, se voltando ao passado, soubesse
Que viria uma pandemia
E o combate seria justamente dar espaço
A gente que já se sentia tão preso
Via risco em todo canto
Vê outro risco no presente
No gráfico, na crescente
Tento escapar ileso
"Histeria, não é pra tanto"
Declarou Boçalnaro, Jair, o presidente
Precisamos fechar os acessos
Municipais, estaduais e federais
Limite, divisa, fronteira
A disseminação em terra brasileira
Teve na desordem, o progresso
Enquanto a família B de boçais
Contamina a pátria inteira
Aplaudir médicos na varanda
Panelaço contra o Jair
Semaninha movimentada
Uma coisa precisa ser lembrada
Cada cidade tem sua demanda
Se bateu palmas ao Mais Médicos ruir
Vai dizer que com a saúde é preocupada?
Precisamos lembrar de quem temos saudade
De cumprimentos efusivos
Que a mão encaixa a batida

De um abraço em seguida
Nessa atualidade, estão proibidos
Corona, um vírus que nos prendeu
Não dá pra restaurar sistema
O PC não roda o anti
Estamos percebendo o importante
A liberdade que não se viveu
É prisioneira em quarentena

Trancada a cela? A chave está na estante.

O Corona Une (?!)

A convivência humana
Entrou em quarentena
A pandemia se dissemina
O vírus chamado Corona
Pede que ninguém se reúna
Prevalece postura insana
A burrice não se encena
Ao contrário, contamina
E quando o resultado vem à tona
Não encaixa na lacuna
Dito isso, vi personagens de fama
Falarem que esse problema
Fez se instalar um clima
De estarmos no mesmo barco ou redoma
E que sua parte cada um assuma
Do home-office da cama
Com tudo ali, no esquema
O que postou, reafirma
Todo mundo é peso igual na soma
Porra nenhuma
Tudo fechado
também causa medo
Do vírus "demitido"
Sair passando o rodo
E levando tudo
Não estamos do mesmo lado
Não cantamos o mesmo enredo
O médico é quem deve ser ouvido
E não aquele escroto, aquele engodo
A propalar seus absurdos

Quando o Corona Passar

E como será?
Quando tudo isso, esse Coronavírus passar
Quando acabar a quarentena
Esse lance de não se encostar
Não é muito da gente
O negócio da gente é abraçar
É exatamente esse sangue quente
Brasileiro, latino, caliente
Que faz o mundo nos visitar
É essa forma calorosa,
De receber, de agregar
Que faz o mundo nos ver
Querer conhecer
Mas, foca no papo aqui
Esquece quem tá pra vir
A turistaiada só volta lá pelo Carnaval
Enquanto isso, se espalha pra Salvador,
Maceió, Floripa, Natal
Regional ou nacional, foco no cuidado local
O papo é sobre nossa convivência
Eu tô vendo uma galera bem otimista
Que as pessoas estão percebendo, tomando consciência
Que ficar em casa abre a vista
Faz a gente se trancar
Pra ver o horizonte
Maluco isso, né?
Quando estávamos livres
Ficamos presos no engarrafamento
Em vez de olhar o pôr-do-sol
Acabamos dizendo: olha o trânsito que tá naquela ponte
Falando desse nosso instinto mais brasileiro

De abraço, de beijo
A gente é tão da intimidade
Que dependendo da região
Varia a quantidade
O paulista, apressado, dá um
O carioca, um de cada lado,
Se não me engano, lá no Sul
São 3 e alternado
E o aperto de mão
Esse não é exclusivo nosso
Tem uns que 'inventa' uns troço
Num toque combinado de irmão
Mas, diz aí, você acha, REAL,
Que os vizinhos vão entender
O negócio do convívio social
Que vai rolar uma cooperação

Que seja pra vaga do estacionamento
Eu acho que passada essa comoção
Voltaremos à antiga situação
A preocupação só com seu apartamento
Claro, temos aqueles nossos companheiros
Que já tá dando uma saudade da porra
Aqueles que defendem que ninguém morra
Aqueles que pedem que você corra
Pra casa
E lá permaneça
Assim pede o mundo inteiro
Pra que menos mortes aconteça
Chinês, italiano, francês, espanhol, sulamericano
Menos o miliciano
Que usou tempo em cadeia nacional
De rádio e televisão

Pra despejar conteúdo irracional
Pra tudo voltar ao normal,
Confundindo a nação
E o boçal levantou a questão
Se quem morre é acima dos sessenta
Por que escola fechada?
Pela forma que argumenta, taí a explicação
Cada hora da sua vida em aula foi mal aproveitada
Aliás, você esqueceu que na reforma da previdência
A classe dos professores também foi prejudicada
"As tia" da merenda, da limpeza, da secretaria
Tem sempre aquele tio figura na inspetoria
Essa galera sex, sexagenária
Está na luta com a criançada
Na outra luta, foi derrotada
A previdenciária
Bom, ele, empresários, banqueiros
Já mostraram que, na enchente
Como dizia Moreira
É preciso ser girafa
Pescoço grande por natureza
Ou pegar a madeira, do Maderero
Pra não se afogar
Que vai morrer uma galera, certeza
Abre aspas pro presidente: "paciência"
#OBrasilNãoPodeParar
Vamos contrariar ciência
Uma luxuosa carreata buzinava pro povo voltar
O médico daquela conhecida televisão
Foi distorcido, fakeado
Fakeado, não esfaqueado

Fake, faca, bom, deixa isso pra lá

Diego Machado

Assunto passado
Eu sigo aqui guardado
A insegurança por si já me faz prisioneiro
E pra ser Justus
O Corona é terrível
Mas o vírus mais temível
Em 2018 foi instalado
A ignorância tomou posse
2019: dia primeiro de janeiro

Infectados Faz Tempo

Vai muito além nossa contaminação
Já estamos infectados faz tempo
Pro Corona, logo mais, surge vacina
Fisicamente, se cura por dentro
Só não tem cura pra razão
Se o ódio no coração confina
Esse, espalha na digitação
Viraliza e não há medicamento
Até a palavra, nesse caso, combina
RG? Não, IP é o documento
Que na bio, se diz cristão
E defende quem extermina
Nem precisa de arma na mão
Só uma caneta, BIC não,
porque é francesa
Até com Macron, ele arrumou treta
Ofendeu a mulher do cara
Foi falar dela e julgar beleza
Deixa eu voltar aqui no papo do "extermina"
Além do Corona que, facilmente, contamina
A desinformação e o desserviço oficial
Não estavam escritos como uma sina
Foi uma escolha racional e eleitoral
No mocorongo que é contra mina, contra mano, contra mona
Contra isolamento social
Sabe o que ele é a favor
De dizer que é gripezinha o Corona
E com seu histórico de atleta
Tem imunidade natural
Olimpíada, Champions, Fórmula 1, NBA
Itália, França, Espanha, China,

Hoje, 29, passou das duas mil mortes nos USA
Covid-19,
Já teve uma tal gripe suína, datada de 2009
Agora, tive uma dúvida, por favor me informe:
Se, pro gado, não é perigosa
Vacina da febre aftosa serve pra gripe bovina?
Sinceramente, não sei
Eles só pegam carona num ódio febril
E fazem carreata, cheio de bandeira do Brasil
#FiqueEmCasa é mamata
A demissão é a munição do fuzil
Onde o jogo nunca empata
Mira e não dá tiros
Deixa que o Coronavírus mata

Isolamento

Só se fala em isolamento
Vertical, horizontal, social,
Ou da atração global
É um intenso movimento
Militante e virtual
O mundo já traçou diretriz
Pediu comprometimento
Veio da Organização Mundial
O que a ciência diz
Tem caído em descrédito
Tem gerado discussão
E discursos desconexos
Do Palácio da Alvorada
À casa mais vigiada
A conversa quando atravessa
Fica tão desencontrada
Que, no fim, o que resta
É a confusão implantada
Que a ordem mais expressa
Toma a rota inversa
Na desordem calculada
O ministro da Saúde
Está em quadro instável
Sem nenhuma ironia
A quem está dia após dia
Enfrentando uma batalha
Pela vida
A luta de Mandetta é pela sobrevida

No cargo, no ministério
Em que o necrotério,

Crematório, cemitério, velório
São palavras mais no páreo
Pelo pódio
Aqui não se fala em sobrevivência
Aliás, como falar em sobreviver
Se gente vai morrer, paciência
Morre, bota a culpa na China e já era
Só o robô que abraça
E reverbera
Os robôs das redes sociais
São os únicos conectados nesse tempo
Pra gente, é distanciamento
Gente, que eu falo, é humano
Quando eu digo humano, não é só biologia
É a parada da humanidade
De querer preservar
A vida antes da economia
Sem focar na letalidade
Da idade que vai pegar
Se pela idade morreria
Acredite, o vírus não para no blindado
Isso serve pra tiros, não pro coronavírus
Na lotérica, ele entra muquiado
Lança sua sorte a algum premiado
Dois podem ser contami... contemplados
Saindo dali, os valores são multiplicados
E quando ele falou da escola?
Tinha que estar tudo liberado
Um ponto a favor tem que ser destacado
Ele confia no inspetor que controla
Vírus aqui não entra, não 'tá' uniformizado
Naquele balança caixão
Tipo o meme do velório ganês

Diego Machado

O Mandetta parece treinador que tomou três
E veio alguém da diretoria
Garantir a permanência
Não dura um mês
Com tanta inconsistência,
Desobedecendo a presidência
Nem essa madrugada, talvez
O gráfico em cada país
Conversa plenamente com as ações tomadas
Em algumas, o choque foi necessário
As que começaram despreocupadas
Com o índice primário

Foram logo despertadas
Mortes em subidas inclinadas
De menos mil em menos mil, diário
Pergunta lá se a economia foi preservada
Nossas relações abaladas, cortadas
Nossas mortes exportadas, noticiadas
Caixão em 6 aceita crediário?
Pra quem não sabe, a Terra não é plana
E como esfera, gira
Só a gente que está ao contrário

Choro Isolado

Hoje eu só quero chorar
E não estou passando vontade
Em meio à calamidade, por toda cidade
Parece que vai acabar
Acabar de nos destruir
Parece que vai chegar
E contaminar, nos matar
Sem direito a despedir
Nas despedidas, pessoas se abraçam
Lágrimas são derramadas
Pessoas consoladas, mãos dadas
E os vírus passam
Vão se multiplicando
E o cerco cada vez mais fechado
Meu caixão tampado, lacrado
Não é mais questão de "se", mas, quando?
Há poucos meses andava agoniado
Acordava pensando que morreria
A cada sol que nascia, meu último dia
A terapia tinha me tranquilizado
Hoje, parece que nada ameniza
É a morte nas imediações
Não chega a 3 conexões, só 2 ligações
Um vizinho do seu prédio, o marido da sua amiga
Quando era só no estrangeiro
A gente, inocentemente, achava
Que gringo que pegava, que aqui não chegava
Isso era nada pro brasileiro
Até que o Coronavírus se instalou
Politizaram as medidas de prevenção
Dos cientistas, a recomendação: fique em casa é solução

O presidente contrariou
Nem vou gastar muita linha
Pra não perder a linha de raciocínio
O cara tem fascínio pelo extermínio
Pra ele, é gripezinha
Estou num medo de morrer
Que o ar que falta enquanto choro
Eu peço a Deus, eu oro, eu imploro

Que nada mais grave há de ser
E há quem ainda duvide
Que é um truque, um golpe chinês
Que parou o mundo há um mês, e põe no mínimo mais três
Esse tal de COVID
Meu medo de morrer até que é um bom sinal
Em dezembro, eu queria por fim
Mas, cuidei de mim e não quero assim
Entubado por um vírus mortal
Medo de morrer no Brasil, já é comum a nós
Violência, desemprego, fome, e abandono
Tudo aqui sempre teve dono, desde o trono
E o tronco é o troco que tranca muita voz.

Não Tem Volta

Será que tudo volta ao normal?
Qualquer dia, amigo, a gente vai se encontrar
Será?
Quando eu falo de reencontrar
Falo da gente combinar de se ver
Eu hoje desabei de chorar
Comecei a me perguntar
Quando é que isso vai ser?
Quando é que eu vou poder voltar
Pro Morumbi pra torcer
Ver o Dani Alves jogar
Ver o São Paulo vencer
Será que meu banjo eu vou afinar
Pr'aquele samba no entardecer
Ou essas emoções só vamos lembrar
E não voltaremos a viver
No último jogo, eu estava lá
Levei meu filho pra ver
Era Libertadores e não estamos libertos
3 a 0; contra a LDU, lá do Equador
Os corpos lá estão com destinos incertos
Abandonados em calçadas, nada joga a favor
E o samba que eu nem lembro

Desse último sabor?
Da cerveja no copo americano
De puxar aquele antigo ao lado de um amigo
Batucando num tambor
Eu ali, relembrando no meu banjo
Um velho samba esquecido
Será que foi meu último, Senhor?

Diego Machado

Eu confesso que hoje peguei meu cavaquinho
E as notas que toquei trouxeram canções
Que só na mumunha balbuciei
Desafinei, cantei baixinho
Temi as recordações
Pois vi um futuro como a canção do Peninha: Sozinho
Sem arranjos no plural
Violão, cavaquinho e percussões
Os refrões sem multidões
Somente um vocal, sem coral
Um link com alcance universal
Os views batem e geram milhões
Todo mundo assistindo
Conectados em TVs, celulares
Só temos ideia do que vem vindo
Nem certezas, nem verdades
E pensei: quando abraçarei
Novamente meus familiares
Sei que muitos nem os via tanto
O trabalho, a correria
Juro que não é porque eu não queria
Mas, agora, fico me perguntando
O que seria hoje voltar como era
Penso que aquele mundo acabou
O valor de cada coisa mudou
Só a Terra que continua uma esfera
Em seus giros nunca parou
E na nova era, já era tempo
Que o tempo que nos desespera
Desesperava, agora espera
E agora vemos acontecendo
A vida passando
E as roupas, não

Diego Machado

Relógios de pulso ocupando espaço
No móvel, e o braço livre da pressão
As calças jeans e os paletós
Pendurados nos cabides
Poderoso Covid
Das gravatas desfizemos os nós
Preocupados estão os avós
Porque nessa faixa etária
Não se permitem vacilos
Eles querem viver para ver crescer
Os filhos dos filhos
Isolamento, fecha a área
Pra não deixar nos abater
A chegada desse vírus
Futuro é o maior inimigo do Corona
Nossa luta é no presente, pra que lá na frente
Eu tenho fé que a vida um dia retoma
Pra saudade, remédio não funciona
Saúde, saudade, só um 'ad' de diferente
Não, uma subtrai, a outra soma.

Arremate desse anexo

"ESPECIAL CORONAVÍRUS":

Se um dia esse mundo mudar de novo e entendermos o que está se passando, certamente, os jovens vão se perguntar por que permitimos que chegasse a esse ponto? O que fizemos? E, sinceramente, não sei se os livros de história vão contar. Não
sei se haverá permissão pra isso, não sei como serão os próximos formados em história, nem sei se haverá novos formandos nessa área, visto que a tecnologia fez muita gente crer que já sabe o suficiente para confrontar qualquer estudioso. Jovens
de sei lá que ano... espero que um dia vocês entendam através da arte o que está sendo 2020 até agora.

Conclusão

No meu 1º livro, "Nem Tudo é Poesia. Ou é?", lançado em 2016, tracei como meta escolher 50 poemas que escrevi ao longo dos anos, desde antes de fazer meu blog e publicá-los. Selecionei os que mais me identifiquei naquele momento, inclusive alguns com ideias que não concordo mais, mas, enfim, o tempo nos muda, para alguns, amadurece, no entanto, não é regra.

Voltando ao 1º, assim que o fiz, poucos meses depois, tive a ideia de fazer este, cuja proposta era unir meu lado jornalista com o lado poeta*.

Assim como aprendi com Ricardo Dias, grande inspirador para minha iniciativa da primeira publicação, "os versos que ainda não escrevi ... estão soltos no ar, ao alcance de qualquer um". E eu vejo poesia em notícias. Elas me instigam os sentidos para escrever.

Com isso, podemos pensar de duas formas esta publicação; e com a analogia do copo meio cheio ou copo meio vazio.

Em observação que pende ao copo vazio, podemos dizer que os poemas são temporais, têm data, ficam velhos, assim como as notícias. E a poesia, por si, penso eu, que deve primar pela atemporalidade, transcender anos, décadas e quem sabe até séculos. Talvez, você leia esse poema em outro tempo e não faça mais sentido.

Na visão mais otimista, do copo meio cheio, notícias que geralmente esfriam se mantêm quentes em versos. Impressas nessas páginas, daqui a muitos anos, o leitor que encontrar este livro, poderá ler a notícia, em algumas delas, estranhar o quão bizarras são, de acordo com o tempo em que esteja e encontrar poesia onde parece não ter.

Esta percepção de enxergar poesia em situações que fogem às belezas, aos amores e às histórias de tanto brilho ou encanto norteou meu primeiro e este segundo trabalho. O próximo (que venha!) terá uma visão mais leve, espero.

O "Nem Tudo" e o "Notícia" definem bem quem eu sou até hoje como escritor. Um cidadão com olhar cidadão. E esse cidadão, além de exaltar coisas da gente, foi, é, e sempre será uma voz que fala do samba por onde passa.

Os poemas que encerram este livro (antes do "Últimas Notícias, acrescentados posteriormente) são homenagens a dois grandes sambistas que o Brasil perdeu, que nosso mundo do samba perdeu. Mario Sergio e Beth Carvalho, dois nomes gigantes na história que tive a oportunidade de conhecer e entrevistar, em setembro de 2008, para meu TCC de jornalismo sobre Arlindo Cruz. Tenho um poema já publicado em meu blog em homenagem a Zeca Pagodinho e outros que um dia pretendo musicar, com citações a Noel, João Nogueira e tantos outros.

Viva aos saraus, viva aos poetas de todas as quebradas. Quer comprar um livro? Quer ler e não sabe o quê? Quer presentear alguém? Procure um poeta do seu bairro. Procure os eventos culturais na sua esquina e dê uma moral pr'aquela mina ou mano que escreve num caderninho, numa folha qualquer, naquela casa que dá pra ir a pé ou de bike da sua, beleza?

Grande abraço.

Diego Machado

BIOGRAFIA

Diego Machado é locutor, jornalista, poeta e uma das características que mais o identifica é: ser do samba. Músico amador, toca banjo, cavaquinho e pandeiro. Profissionalmente, trabalhou em emissoras de rádio em Minas Gerais: Araçuaí (norte de MG) e Ouro Fino (sul de MG). Em São Paulo, foi locutor da Cidadã FM (comunitária do Butantã). Como jornalista, trabalhou no SENAR (Serviço Nacional de Aprendizagem Rural), também em Araçuaí. Em Osasco, foi apresentador e repórter de uma TV local.

Mestre de Cerimônias em eventos desde 2006, Diego Machado apresenta festas de 15 anos e casamentos, além de bodas, formaturas e corporativos. Nessa função, atuou no Cerimonial Público da Prefeitura de Osasco, em 2016. Neste ano, publicou seu 1º livro "Nem Tudo é Poesia. Ou é?"

Entre os planos literários, ainda está o lançamento de um livro contando histórias interessantes dos eventos, das reuniões e desse mercado instável e delicioso de sonhos realizados, mesmo sacrificando assim muitas noites de sono.

Outro projeto que pode surgir é um especial de poemas 2020, já que a produção esse ano está intensa. Uma outra ideia, ainda muito embrionária, é a publicação de um livro para "dividir as águas". Muitos poemas do primeiro livro e desse são mais pesados, críticos e falam um pouco menos de sentimentos mais leves e bonitos. Sempre escrevi pouco de amor, mas, localizei alguns antigos e tenho produzido alguns mais novos que podem preencher uma nova publicação. Uma coisa de cada vez...

www.artlivroz.com.br
O selo ArtLivroz atua de forma
independente e artesanal.
artlivroz@gmail.com
Tel: (11) 97806-0363

www.ingramcontent.com/pod-product-compliance
Lightning Source LLC
Chambersburg PA
CBHW070551160726
48003CB00005B/1998